W0329953

HERVÉ BAZIN
de l'Académie Goncourt

Qui est le prince?

illustrations de Serge Ceccarelli

*Pour Claude, 10 ans,
mon sixième.*

© 1981 Éditions Grasset & Fasquelle pour le texte et les illustrations / Tous droits réservés pour tous pays / Composition : Typophot Studio / Photogravure : A.P. S.E.N. / Impression couverture : Conversey / Impression intérieure : Offset-Aubin / Reliure : Schmitt.

GRASSET JEUNESSE

Plutôt maigre et flottant dans son cafetan brodé, mais coiffé d'un turban de soie et la main posée sur la poignée d'or d'un sabre courbe, c'était sans doute un prince qui descendait la rue du marché, le grand souk bordé d'échoppes bourrées de cuivres, de viandes, de fruits, de bijoux, d'étoffes multicolores. Un prince, oui, mais seul : les boutiquiers s'étonnaient qu'il fût sans valet pour lui frayer le passage, lui épargner le contact avec les chiens galeux et les mendiants pleins de puces.

"Qui diable est-ce là ?" demandait un boucher.

"Peut-être un cousin de notre jeune Sultan", dit un orfèvre.

"Plutôt le fils d'un pacha de province", dit son voisin, fournisseur du Palais en confiture de roses.

Cependant l'homme allait toujours, entouré d'enfants qui criaient : "Place à Monseigneur !" Il remerciait du menton. Peut-être n'était-il pas très rassuré, car il marchait plus vite que ne le font d'ordinaire les grands personnages. Il se retournait même de temps en temps pour regarder derrière lui, avec un sourire ironique.

Bien entendu il avait de la peine à se défaire des marchands qui, tous, lui offraient ce qu'ils avaient de plus coûteux : aiguières d'argent, coffrets d'ivoire, livres rares et même un cheval blanc à selle cloutée de pierreries.

"Tout ceci est fort beau, disait le prince. Mais mon intendant n'est pas là pour vous payer..."

"Qu'à cela ne tienne ! rétorquaient les marchands. Que Ta Seigneurie nous donne son adresse : nous livrerons chez Elle."

Mais le prince passait. Il accepta pourtant un gâteau qu'un pâtissier le suppliait de goûter pour lui faire honneur. Un peu plus loin il accepta aussi une coupe d'un mélange subtil, connu sous le nom de "sirop des califes," et le limonadier eut le bonheur de l'entendre affirmer :

"Le Sultan lui-même – la Bénédiction soit sur Lui ! – n'en boit pas de meilleur."

Mais il eut alors un geste inattendu. Tendant la coupe à moitié vide au plus proche des badauds qui faisaient cercle autour de lui, il demanda :

"Qu'en penses-tu, l'ami ?"

"Le bon juge, en vérité !" fit une voix moqueuse.

C'est qu'en effet les loques de l'inconnu – un jeune ouvrier, un portefaix sans doute, car il avait un sac replié en travers des épaules – n'inspiraient guère confiance. Pourtant sans s'émouvoir le garçon prit la coupe, la vida posément, avec de petits claquements de langue convaincus.

"Tu as raison", fit-il.

"Pardi ! reprit le prince. Chacun sait qu'au Palais les échansons prélèvent leur part et rallongent ensuite avec de l'eau. Sa Majesté est puissante, mais souvent bernée dans les petites choses."

Il fit trois pas et ajouta :

"Quand ce n'est pas dans les grandes ! Les caisses de Sa Majesté sont vides, dit-on, mais celles de Sidi Omar, son Premier ministre, sont pleines."

Paroles imprudentes ! Une grande gêne s'empara des témoins : ils se desserrèrent, craintifs, voire soupçonneux, laissant aller le prince qui demandait au portefaix :

"Qui es-tu, mon garçon ?"

"Un orphelin, obligé de faire trop tôt son dur métier."

"Tu ne t'en vas pas ? Tu n'as pas peur de la vérité ?"

"Que peut craindre un gueux ? dit le garçon. Chasse-moi si je t'importune. Mon défaut, c'est la curiosité... Tu connais vraiment le Premier ministre ?"

"En un sens je suis même de ses familiers", reprit l'homme, sur un drôle de ton.

"Les poux du lion sont ses familiers, mais le lion ne les connaît pas ! dit le garçon. Sur la foi de tes habits on gagerait que tu es au moins général."

Là aussi l'ironie était assez sensible pour que l'homme, étonné, se tournât vers le portefaix : il s'aperçut qu'il regardait ses mains. L'un et l'autre eurent un sourire de connivence.

"Soyons franc, dit l'homme. Je ne suis pas général. Je suis moins que cela."

"Alors, un officier de la Garde !"

"Moins que cela."

Le portefaix éclata de rire.

"Tu ne vas pas me dire que le Premier ministre habille ainsi un officier subalterne. Pourquoi pas un sous-officier ? Pourquoi pas un simple cavalier ?"

"Et pourtant, fit l'homme, je suis encore moins que cela."

Chose curieuse, à mesure qu'il se rabaissait, il semblait plus à l'aise, plus fier de n'être rien que d'avoir un moment passé pour un personnage. Mais soudain redevenant grave, il allongea le pas.

"Hâtons-nous, murmura-t-il. Je m'appelle Ali. Peut-être ai-je tort, mais j'ai confiance en toi ; et pour tout te dire je risque d'avoir de graves ennuis avec mon maître si, justement, je ne parviens pas à prévenir le sien. Je vais au Palais dire ce que j'ai surpris, par hasard, d'un complot."

"Je joue ma tête, comprends-tu maintenant ? Afin d'avoir une chance de passer la porte, j'ai profité de ce que Sidi Omar prenait son bain pour endosser ses habits."

"Je me disais aussi que tu avais les mains bien calleuses ! fit le garçon. Mais en effet, hâtons-nous. Sidi Omar peut te faire poursuivre et arrêter au seuil même du Palais. C'est pourquoi mieux vaudrait emprunter la poterne de service par où les hommes de peine viennent débarder ce qui est nécessaire aux cuisines de Sa Majesté. De ce côté nous n'aurons aucune difficulté."

La précaution s'avéra bonne. A peine avaient-ils atteint le bout de la rue et jeté un regard sur la place du Palais qu'ils aperçurent six cavaliers qui galopaient vers la grande porte.

"Ce sont les hommes de Sidi Omar", dit Ali, d'une voix blanche.

"Faisons le tour par les jardins", dit le garçon.

Il allongea le pas, marchant le premier et choisissant des contre-allées ombreuses qu'embaumait le parfum des orangers. Une seconde, il s'arrêta sous un olivier dont il cueillit un rameau, qu'il émonda pour n'en laisser que trois feuilles. Puis il repartit, tournant à gauche, tournant à droite, évitant les avenues découvertes où dans un paradis de fleurs déambulaient gravement de ventripotents dignitaires. Enfin, parvenu vers l'arrière du Palais, il s'engagea dans un chemin poussiéreux, dédaigné par les notables et que remontaient des chariots.

Tout au bout s'arrondissait un porche bloqué par quatre sentinelles. S'avançant le plus tranquillement du monde, son rameau d'olivier à la main, il en détacha une feuille. Les soldats s'écartèrent, sans un mot. A peine l'un d'eux se permit-il un regard, vite voilé, mais apparemment étonné, sur le splendide accoutrement d'Ali.

"Je vois, souffla celui-ci. C'est une sorte de mot de passe. Mais comment le sais-tu, portefaix ?"

"Peut-être suis-je un peu plus que cela", fit la voix douce du garçon.

D'un pas égal il traversa une cour où nombre de ses pareils déchargeaient toutes sortes de ballots et au fond de laquelle béait un autre porche, à garde renforcée. Mais des huit factionnaires, à turban noir rehaussé d'une aigrette, aucun ne s'interposa quand le garçon détacha de son rameau une seconde feuille.

"Bon, fit Ali. J'ai de la chance : tu es un serviteur du Palais."

"Peut-être un peu plus que cela. Mais dans un sens tu n'as pas tort... Allons !"

La cour suivante était magnifique, encadrée de gracieuses arcades et un bouquet de jets d'eau y retombait dans une vasque de marbre, tandis qu'au-dessus, dans un carré de ciel bleu, palpitaient des envols de colombes. Tête baissée sous le sac, avec une humble assurance, l'orphelin avançait toujours : cette fois vers une porte d'ébène où veillaient deux colosses de même couleur, qui pivotèrent comme des automates en voyant tomber la troisième feuille d'olivier. La porte s'ouvrit et si habitué qu'il fût aux splendeurs de son maître, le valet de Sidi Omar se frotta les yeux, ébloui. Il était au cœur d'une féerie d'émaux, de cristaux, d'ors, de tapis précieux. Il ne s'aperçut même pas qu'en un tournemain, de silencieux serviteurs, surgis de l'ombre, délivraient le portefaix de son sac et de ses guenilles, qu'ils le rhabillaient de blanc. Quand il se retourna, ce fut pour s'exclamer, incrédule, devant son ami assis sur des coussins de soie :

"Tout à l'heure, au marché, les gens se sont trompés : c'était toi, le prince !"

"Et même un peu plus que cela", dit l'étrange garçon pour la troisième fois.

"Un peu plus ! fit Ali, tremblant. Mais alors..."

Tombé à genoux, il releva un visage effaré.

"Alors, Seigneur, garde-toi ! Sidi Omar va te rendre visite pour te donner le change. Mais demain, à l'heure de la prière, il te fera poignarder, pour prendre ta place."

"Je crains, reprit la voix douce, qu'auparavant il ait perdu la sienne."

Ali ferma les yeux, les rouvrit. De grands chasse-mouches de plumes d'autruche battaient mollement l'air au-dessus de sa tête.

"Un peu plus, un peu moins, reprenait le Sultan, qu'importe !... Sait-on jamais qui se cache sous un déguisement ? Sait-on jamais qui le mérite ? Garde le tien, Ali, et demeure avec moi."

DÉPÔT LÉGAL 2e TRIMESTRE 1981 / LOI 49-956 DU 16/7/1949
N° ÉDITION 5514 / I.S.B.N. 2 246 255910. (P. 10050)